MW01274783

Anatole
change d'école

– Pour Antoine.

            P. C.

– Pour G. T.

            P. D.

Anatole
change d'école

PIERRE CORAN **PHILIPPE DIEMUNSCH**

CASTOR BENJAMIN Flammarion

© Castor Poche Éditions Flammarion, 2004 pour la présente édition.
26, rue Racine - 75278 Paris Cedex 06
Imprimé en France. ISBN : 2-08162558-X

L'école d'Anatole

Anatole est boudeur.

Il a la brume au cœur.

Depuis quelques jours,

Anatole a changé d'école.

Ses parents ne semblent pas inquiets.

– Je te comprends, lui dit Maman.

– Ça te passera ! lui dit Papa.

Facile à dire !
Vous vous plaisez
dans une classe.
Vous avez des copains,
des copines, une maîtresse
que vous aimez bien,
d'autres copains
que vous aimez moins.
Mais ils sont là autour de vous.
Puis, du jour au lendemain,
vous changez d'école.

Vous arrivez dans une cour
où vous ne connaissez personne.
C'est la galère !

Le matin, Maman dépose Anatole
devant l'entrée de la nouvelle école.
Elle l'encourage :
– Bonne journée, mon chéri !
Tu parles d'une journée !

Dans la cour, Anatole se sent seul comme un cerf-volant qui plane dans le ciel sans vent et sans ficelle.

À l'école d'avant,
les murs étaient fleuris.
Ici, ils sont couverts de graffitis.

À l'école d'avant, madame Sylvette, la maîtresse, était habillée comme un mannequin de mode. Elle jouait du piano, même en fermant les yeux. C'était beau !

Quand elle dirigeait la chorale,
elle agitait les bras.
Elle ressemblait à un grand oiseau
qui veut toujours s'envoler,
mais n'y parvient jamais.
C'était rigolo !

La classe chantait *Frère Jacques*, *À la claire fontaine*, *Sur le pont d'Avignon* et bien d'autres chansons.

Anatole était un des bons chanteurs de la chorale, peut-être le meilleur.

Chapitre 2

Bob et Anatole

À la récréation, Anatole glissait
sur le toboggan, il grimpait
sur des engins, il jouait à la balle
au mur. C'était chouette !

Ici, les élèves font du foot
avec un ballon mou.
Les grands shootent
n'importe où.

Anatole n'est pas très adroit.
Il rate souvent le ballon,
il tombe sur le derrière.
Des filles pouffent en le voyant
par terre. Anatole se désole.
Ses joues ont la couleur des poissons
de l'aquarium.

À la cantine, les grands l'appellent
𝓝𝒶𝓉. Ça rime avec patate,
avec tomate au mieux.
Anatole est furieux,
surtout contre le petit Robert.

C'est un vaniteux, le petit Robert.
Il se fait appeler Bob. Comme il joue
bien au foot, il veut être le chef
de la bande des grands. Il prétend
qu'Anatole est une chiffe molle.

Anatole se défend.
Avant-hier, il a crié au petit Robert
qu'il a une tête de dictionnaire.
Robert n'a pas compris.
Depuis, il se méfie d'Anatole.
Il lui tire la langue,
lui fait des yeux méchants,
tel un serpent de zoo
qui pique une colère.

Anatole fait semblant qu'il s'en fiche.
Anatole frime.
Il n'aime pas se chamailler,
ça le rend triste.

Chapitre 3

Nathalie

Dans la classe d'avant,
chacun avait sa table et sa chaise.
Ici, on est assis par deux.

Depuis hier matin,
Anatole a une compagne de table.

Nathalie a des cheveux courts,
des petits yeux qui rient.
Elle vient d'Orient, d'un pays
où les gens ont la couleur dorée
des feuilles en automne.

Nathalie connaît tout par cœur :
l'alphabet, les conjugaisons,
le nom des fleurs, les additions,
les centimètres, les kilos
et les couleurs de l'arc-en-ciel.
Elle sait même lire l'heure
sur une montre qui a des aiguilles.

Sur l'ordinateur de l'école,
Nathalie a tapé au vol :

Le petit Bob est jaloux.
Il passe et repasse devant Nathalie,
il lui offre des bonbons,
un porte-clés ballon et des autocollants
de la Coupe du Monde.
Nathalie les refuse.
Elle lui crie, l'air coquin :
– Je ne collectionne que les méduses.

Le petit Bob n'apprécie pas
qu'une fille le taquine.
Il lui fait des pieds de nez.
   Mais Nathalie s'en moque.

Dans la salle de lecture, Nathalie
se place près d'Anatole. Ils lisent
le même album, ils se parlent tout bas.
Tous deux rient en cachette.

Le petit Bob est de plus en plus
jaloux. Il embête Anatole, le bouscule,
lui fait un croche-pied. Il lui chipe
son cartable, son sac de gym,
les vide dans l'escalier,
ou du côté des toilettes.

Anatole n'a pas peur de Bob.
Il lui montre les dents comme le chien
de la boulangère quand il aperçoit
le facteur.

Nathalie console Anatole,
l'embrasse sur les joues,
l'embrasse sur le nez.
Ses baisers sont aussi légers
qu'une coccinelle posée sur une main.

Chapitre 4

Anatole et Nathalie

$\mathcal{E}$n classe ou dans la cour,
ils ne se quittent plus.

Tous deux trouvent géniale
la maîtresse Chantal. Elle arrive
casquée, en polo et baskets, un jour
à V.T.T., un jour à Mobylette.

Elle dit des poèmes au son
d'un tambourin. La classe fait
de même en tapant dans les mains.
Le bon Roi Dagobert, mis en rap,
c'est super.

Hier après-midi, le petit Bob a chanté faux.
La maîtresse, en l'entendant, s'est bouché les oreilles.
La classe a ri de Bob.
Pas Anatole.

Bob, étonné, l'a regardé droit
dans les yeux. Anatole lui a souri.
Bob a souri aussi.

Depuis, il semble moins jaloux.
Parfois même, il se montre sympa.

Bob ne lance plus le ballon mou vers Anatole. Il partage ses bonbons et ses autocollants.
Comme dit Nathalie, Bob a repeint son cœur.

Chapitre 5

Le secret
d'Anatole

Le matin, maintenant, Anatole
ne boude plus. Il ne traîne plus au lit,
il se lave avec soin les dents
et les cheveux. Il se montre pressé
de partir à l'école.

Maman est épatée, et Papa l'est aussi.
Ils ne comprennent pas pourquoi
leur Anatole raffole tout à coup
de sa nouvelle école.

Maman soupçonne Anatole d'avoir
une raison qu'il ne dit à personne.
– C'est parfaitement son droit !
dit Papa.

Maman ne se trompe pas.
Mais ni elle ni Papa ne peuvent
deviner que Nathalie est le secret,
le secret qu'Anatole cache le mieux
qu'il peut et ne partage pas,
hormis avec son chat.

LE **TRUC** EN

➡ LE SAIS-TU ?

Pays d'Orient…

Dans cette histoire, Nathalie est originaire
d'un pays d'Orient.
Par rapport à l'Europe, l'Orient se situe à l'est,
du côté de l'horizon où le soleil se lève.
C'est pourquoi on appelle le Japon
le pays du soleil levant, car c'est le pays le plus à l'est
pour nous, et il serait le premier à voir
le soleil le matin !

JEU

Anatole, Bob et Nathalie ressentent des émotions très différentes : la tristesse, la jalousie, la joie...

Sais-tu qu'il existe des expressions qui associent les sentiments à des couleurs ?
Retrouve, dans chaque phrase proposée, la couleur manquante parmi cette liste : rouge, vert, bleu, et noir.

1) Tu as eu une peur _____, en croyant voir un fantôme.

2) Tu es tombé devant toute la classe, tu es _____ de honte !

3) Parfois tu n'es vraiment pas content, alors tu te mets dans une colère _____ !

4) Tu as très envie d'avoir le même jouet que ton copain. Tu es _____ de jalousie.

Réponses : 1-peur bleue, 2-rouge de honte, 3-colère noire, 4-vert de jalousie.

➡ Dans la même collection

Une précédente version de cet ouvrage est parue en 2000
dans la collection « Trois Loups ».

Imprimé en France par P.P.O. Graphic, 93500 Pantin
08-2004 - N° d'imprimeur : 7860
Dépôt légal : septembre 2004
Éditions Flammarion - N° d'éditeur : 2558
Loi n° 49-956 du 16 juillet 1949 sur les publications destinées à la jeunesse.